개구리의 꿈

정대구 시집

좋은책 만드는 도서출판 도훈

시치료라는 말을 요즘 흔히 듣는다. 시로서 질병을 치료한다는 말이겠다.

맞는 말인 것 같다. 맞는 말이다. 정신질환은 물론 육체적 질병도 시를 읽고 씀으로써 치유가 가능하다는 확신이 있다. 남은 몰라도 우선 내가 그렇다.

슬플 때나 외로울 때 시가 분명 위로가 되고 치유가 된다.

나는 즐거울 때보다 슬플 때 괴로울 때 시를 쓴다.
웬만한 괴로움 따위 슬픔 따위 잊을 수 있다.
나는 화날 때 시를 쓴다. 화가 좀 가라앉는다.
나는 분하고 답답할 때 억울할 때 뭔가 불만스러울 때 시를 쓴다.
그런 것 한꺼번에 해소될 수 있다.
나는 몸이 좀 아플 때도 시를 쓴다.
웬만한 아픔이 가신다.

나는 아프기 전에 미리미리 시를 쓴다.
시에 집중하다보면 아플 시간이 없다. 아픔이 찾아오지 않는다.

고로 나는 정신적으로든 육체적으로든 건강하다.
건강하다고 믿는다.

만일 내가 시를 쓰지 않았다면
나는 만날 화만 내어 싸우고 크고 작은 일을 저질렀
을 것이다.
시를 씀으로써 이 모든 사고를 예방했다고나 할까.
어쨌든 시덕詩德으로 이만큼이나마 사람이 되었다고
나는 믿는다.

부유하고 행복한 사람들은 시를 읽지도 쓰지도 않
는다.
뭐가 답답해 시를 쓰겠는가?
시를 쓰지 않아도 아쉬울 게 없는 사람들이
살다가 어떤 허무를 느낄 때라면 혹 몰라도,

시를 읽거나 쓰는 사람은 항상 마음이 가난한 사람,
마음이 가난한 사람에게 위로와 치유가 기쁨과 함
께 듬뿍 있을진저!

2019년 초봄
지화자농장에서 정대구

차례

1부 하늘 소沼

2부 어머니의 하늘

3부 나무에게 절하고 싶은 거다

1부

하늘 소^沼

하늘 소沼

어찌나 푸른지

두 손 집어넣으면 파란 물 들 것 같은 하늘

저 거울 소沼에 나를 비춰보고

낱낱이 내 죄를 반성하며

말끔히 내 몸 씻어야겠다

우선 고마운 아내에게도 용서를 빌고

멋대로 부린 내 육신에게도 용서를 빌어야겠다

그러고 보면 두둥실 떠가는 구름 사이로

누군가 환히 웃으며 나를 반길 것 같아

벌써부터 눈물이 난다

나는,

초봄

방안보다 밖이 더 따뜻하군요

자꾸 나가고 싶어집니다

마침 날씨도 좋아

눈이 일찍 녹은 양달 마른 풀숲 위에 앉아보고 누워봅
니다

하나님도 한 걸음 가까이 내려와

내 코를 만지는 듯 내 얼굴 바로 위에서

아, 갑자기 내 귀가 간지럽습니다

하나님이 무언가 소곤거리는 것 같은데

뭔 말인지는 잘 모르겠지만

하나님의 귀엣 말씀

참 향기롭고 새롭네요

와불몽 臥佛夢

전라도 어딘가에 한 천년 잠들어 누워 있다는 와불에
게로 못 가고

한 번도 못 가보고

이리 뒤척 저리 뒤척 잠 못 드는 이 밤

조용히 그러나 명령조로 내가 와불을 불러올렸습니다.

이리와 와불

와, 그랬더니 참말로 와

순한 와불이 순순히 일어나 나에게로 와

내 옆에 나란히 누우니까 나도 와불 된 듯

곧 깊은 잠에 빠져들어

한 천년 흘렀는지

꿀잠 깨어

팔다리 쭉 뻗어 기지개 켜고 일어나 보니까

금세 와불 선생은 온데간데없고

밤새 지구를 굴려온 커다란 바퀴

낯선 태양이 나를 기다리는 특별한 아침이었습니다

누구시던가
- 사월

누구시던가

물어도 이름을 대지 않는

황사바람 속에서 만난 저 복면

알 수 없는 얼굴

화사한 웃음인지 흥건한 눈물인지

가면 속의 젊은 여인

혹, 세월이? 아님, 네월이?

아, 세월아 네월아

노란 눈물이 그렁그렁

맞먹기

아침산책 하다가 오줌이 마려워 길옆으로 비켜서서 방뇨를 하는데, 그때 길 한복판에서 나와 마주친 동네 익숙한 늙은 길고양이, 내 하는 양을 빤히 지켜보고 있다가 저도 나를 따라 같은 방향으로 뒷다리를 쪼그리고 앉아 쉬를 하는 것이다. 흠,

닭의 외국어 실력

어서 일어나라 곧기요^{起腰}

집집마다 새벽마다

연이어 곧기요^{起腰} 곧기요^{起腰}

어서 일어나라 곧기요^{起腰}

수탉은 홰를 치고

늦봄 햇볕 바른 한낮

마당가에서 작은 벌레 찾아낸 어미 닭이
콜콜콜 callcallcall

새끼 부르면

아기 주먹만 한 햇병아리들 쫌 피어난 두 날개 쫑긋
세우고 조르르

종종종 從從從 비약비약 飛躍飛躍

잘 따릅니다

어미 닭도 병아리도 수탉도

닭들은 어려운 한자어든 영어든 상관없이

발음도 또렷이 참 외국말 잘하네요

보리밥

잊고 싶은 거다
입안에서 와글거리던 보리밥 꽁보리밥

잊고 싶은 거다
뙤약볕 아래 땀이 도랑물처럼 흘러내리던 도리깨질 보
리타작
깔끄러운 보리북데기

잊고 싶은 거다
밤을 낮 삼아 밤새 오르내리던 디딜방아 보리방아 찧기
내가 졸다가 졸아서
어머니의 손등을 내려찧은 피 묻은 방앗공이

잊고 싶은 거다
잊고 싶어 오늘 보리밥집을 찾아 건강식으로 먹는 보
리밥

자연이 웃는다*

모락모락 똥이 웃네요

세상 밖으로 나와 세상 구경하는 똥

빤히 나를 올려다보고 웃네요

나는 똥을 낳은 똥의 산모 똥의 해방군

연옥에서 빼내어

바람 불고 햇볕 바른 명당자리 골라서

풀어놔서 고맙다고 똥이

나를 보고 소복하게 웃네요

어디서 냄샐 맡고 왔는지

바람과 햇볕이 똥을 주물러

재생 밑거름을 만들면서

일거리를 보태줘서 고맙다고

땀을 흘리는 그들 또한

나를 보고 웃네요

*구고 '들똥을 누고'의 개작

봄바람은 혁명가

三一운동 四一九의거를 일으킨 혁명가 봄바람이 올봄 광화문광장에 수백만 촛불을 들어 올려

민주화民主化를 앞당겨 피게 하고 언 땅을 두드려 개구리 기어 나오고 마른 나뭇가지 건드려 어린 새싹 움트고 예저기 꽃봉오리 펑펑 터뜨려 벌 나비 춤추고 노래해 엊그제 검은 들이 봄빛도 유여할사*

봄바람 봄바람은 감감한 산촌에 새소리도 짝을 찾고 농촌에 혁명을 일으켜 묵은 고춧대를 태우는 매운 연기, 여기저기 들불 놓아 농사철이 시작되었음을 하늘과 땅에게 알리고 봄바람 봄바람은 바쁘다 바빠 본격적인 농번기에 접어들기 전 봄나들이 꽃구경도 갔다 와야 하고 보아라 보아

봄바람 봄바람은 혁명가 다투어 온양온천 가 온천욕도 하고 두꺼운 내의와 겉옷을 벗어 던지고 가벼운 옷단장으로 설레는 마음을 담아 새로운 애인 만나러 간다 내

친구 귀암이 그렇고 해라가 그렇다 귀암은 유운^{有芸}을
만나러 해라는 정인^{靜人}을 만나러 늙은이들도 부활의 젊
은 피가 끓어올라

*정극인의 상춘곡에서

당부 ^{當付}

엉덩이가 들썩들썩 가만히 앉아 있을 수 없어

4월 들어 첫날 토요일

따사롭고 부드러운 햇살에 실려

내 귀에 정겨운 멜로디 새소리 따라 뒷산에 올라가

삽을 들고 올라가

3월 말경에 큰 소나무 그늘 아래 눈여겨 보아둔

가느다란 회초리 같은 노란 산수유 두 그루

쌍분으로 모신 부모님 산소 양옆에 옮겨 심어놓고 보니

벌써부터

아버지꽃 어머니꽃 마주 보고

들릴 듯 말 듯 작게 송골송골 웃으시는 것 같다

내 귀엔 아주 환하게 들리는

두 분의 향기로운 말씀,

문제는 괜한 산 나무 옮겨다가 죽이지 말일이다
當付 ^{당부}

봄이 또 와서
- 부모님 묘소에서

남향받이에 쌍분으로 모신 양친 묘소 둘레에

어느 곳보다 먼저 눈이 녹고

노란 개나리 분홍 진달래 꽃망울 조용조용

집중되는 시선이

부끄러운 듯

두 살 연하의 아버지한테

일찍 열여덟에 시집오신 우리 어머니

새댁 적에 노랑 저고리 붉은 치마 입고

웃어른이 부끄러워

수줍음을 감추고 웃고 있는 듯

달래찌개

아직 알싸한 봄바람 반기며

오랫동안 호미에 익숙한 내 아내가

두 눈에 불을 달고 찾던 봄의 향기

산기슭 밭두렁에서 캐냈다네

발발 발 봄의 출발을 알리는

눈 녹은 흙냄새 맡고 자생한

향 짙은 자연산 달래

심봤다 여기 또 저기

한나절 서리서리

한 바가지 찬물에 깨끗이 씻어

팔팔 끓는 뚝배기에서 보글보글 맛보는 봄 향기

곱빼기로 나 비벼 먹을래요

봄을 타는 내 입맛에 딱 맞추어

한 끼 침샘을 돋우고

메마른 내 코를 흠뻑 달래주는 달래찌개

더 달래볼까요 착한 내 여자

나의 여신에게

민주화^{民主化}를 시샘하는 꽃샘추위

문밖에 와서 홍매^{紅梅}가 기다린다기에
서둘러 봄인가 하고
속옷 외투 다 벗어놓고 가벼운 차림으로
신나게 나가는데

쫓기던 겨울 패잔병 그림자 하나
나의 봄을 시샘함인지
가던 걸음 갑자기 돌아서서
어린 매화 울려놓는 저 심술

노쇠했음 곱게 사라질 일이지
누가 반긴다고 투정을 부리느냐
주책이다 주책
그런다고 네놈 따라갈 아무도 없다 아무도

봄에게

거북이 타고 느리게 왔다가

오자마자 토끼 등에 업혀 빨리 가버리는 봄에게

이제부턴 토끼가 마중 나가 얼른 봄을 모셔오게 하고

갈 때는 거북이에 태워 더디게 느리게 보내고 싶은 거나

신록을 마시며

아침 햇살에 초롱초롱 눈을 뜬 연초록 나뭇잎

하나하나 몽글몽글 귀여운 아기 같다

방긋방긋 웃는 입술에, 볼에, 눈에

눈 맞추고

살짝 살을 대보고 싶어진다

피어오르는 몽롱한 향기 싱그럽다 눈부시다 싱싱한
엔트로핀

큰 숨으로 한숨 크게 들이마신다

아 날아갈 듯 기운이 펄펄 나는 나

상쾌한 이 기분

붕 붕 붕 훨훨훨

점점 몸이 가벼워진다

제비를 기다리며

참으로 오래구나 제비야 너 본 지가 언제인지

세기말 이후 어디서 무얼 하느라 길을 잃고 헤매느냐

혹 나에게 물어다 줄 흥부 박 씨 같은 거 구하느라 그
러느냐

정 그렇다면 내가 흥부 박 씨 되어주마

난 필요 없다

공중을 쏜살같이 비행하는 날렵한 너의 곡예가 보고
싶다

물 찬 제비라니 참 네 모습 삼삼하구나

난기류의 이 세상 살아가자면 너의 곡예술이 필요하

겠다

　빈 몸으로라도 돌아오너라! 돌아와

　그냥 한여름 너만 있으면 족하다

　난 지지배배 지지배배

　그저 재미난 네 노래가사가 듣고 싶은 거다 그립다

　아무도 흉내 낼 수 없는 곡진한 너의 멜로디

우리 농촌마을의 봄맞이

마을 앞 들판 여기저기 이곳저곳에서

어제에 이어 오늘도 연기가 피어오릅니다

모락모락 빨간 불꽃 끝자리에

파란 어린 모가 나풀나풀 춤추는 것 같군요

병충해를 없애기 위한 처방이랍니다

논두렁 밭두둑도 말끔히 태우고

오늘 나는 포도나무에 전지를 하고

묵은 고춧대를 모아 텃밭에 불을 놓았습니다

타고 남은 재는 고추밭 거름이 될 겁니다

지금 한창 포근히 불 밝힌 비닐하우스 안에서

불빛을 먹고 밤에도 조곤조곤 자라고 있을 고춧모!

이렇게 우리 농촌마을의 봄맞이는

진자리 마른자리 어린 모종을 돌보며

묵은해를 설거지하는

들불 놓기로부터 시작되지요

아, 저기 벼 그루터기를 태우는 논바닥에 불이 붙었습
니다

저 불길이 봄을 빨리 데리고 오지요

2부

어머니의 하늘

어머니의 하늘

어머니 머리 위에 하늘을 이고 있다면

어머니 머릿속에도 하늘은 들어 있다

발바닥 밑에도 하늘은 있고

따라서 발길에 차이는 돌부리 나무뿌리

시냇가 나뭇가지에도 하늘은 서 있다

생선을 이고 걸어가는 중년의 생선장수 아줌마여

당신이 바로 당신의 하늘

당신 몸에서 풍기는 살아 있는 이 비릿한 하늘비릿내음

하늘이여 중년의 생선장수 아줌마에게도

하늘은 있다 머리 위에 이고 있는 하늘

머릿속에 들어 있는 하늘

그 사이 누워 있는 물고기의 하늘

하늘이 거기 길고 높게 누워 있다

누가 생선장수 아줌마의 하늘이 노랗다 했나

아니다

등 푸른 생선을 이고 다니는
생선장수 아줌마의 피는 파랗다
생선을 팔아 자식을 대학까지 보낸
생선장수 아줌마의 꿈도 파랗다

떡 이야기

– 어머니 생각

삼보는 내 어렸을 적 별칭입니다

삼보란 세 가지 보물? 즉 떡보 잠보 늘보인데

가끔씩 어머니께서는 얘 떡보야 여기 떡 있다고 날 부

르십니다

이 잠보야, 이 늘보야 하는 말보다

나한텐 떡보가 제일 반갑습니다

어머니는 떡장수였습니다

밤새 떡을 찌고 떡을 썰고

떡가루 내리러 새벽 방앗간 다녀오시고

아침서부터 저녁 늦게까지

떡함지 이고 떡 팔러

아침새참 점심참 저녁새참에 맞추어

하루 서너 번씩은 두루 돌아다녔습니다

멀리 농골 돌공장, 녹번이고개밑 유리공장, 홍제천 빨

래터까지

저녁에 돌아와 고단한 다리를 풀기도 전

동전 일일이 다 세시고
또다시 떡 찌고 떡 썰고
함지에 담아 보자기로 꼭 덮어두었습니다
뜨끈뜨끈한 떡을 현장에 보급하기 위해

떡장수 아들답게 나는 떡을 잘 먹는 떡보
뭉게뭉게 김이 피어오르는
시루떡이라든가 인절미 송편 개피떡 증편
강낭콩 듬성듬성 넣고 찐 보리개떡까지
떡이란 떡은 거의 다 좋아합니다

하지만 요즘 나는 침 꼴깍 삼키면서도
떡전거리를 급히 돌아 나옵니다
떡장수 아줌씨들에게서 한창 젊었을 적
어머니 얼굴이 눈을 자꾸 더 씌우기 때문입니다

어머니 어머니 우리 어머니

아가에게 뽀뽀를

나, 저 아가 안아볼 수 있을까
안아보고 싶어진다

어디 한군데 안 예쁜 데 있나

두 손 깨끗이 씻고
두 입술 말끔히 닦고

아가, 이마에 볼에 눈 코 입술에
손등 발등 발가락에
볼기에

어느 한 곳 없이 다 뽀뽀도 하며

그렇다고
아기희롱죄에 걸릴까

걸리더라도

나, 죄짓고 싶어진다

신록

오월 초 예쁜 연초록 눈부시게 피어나는 오늘 같은 날
상수리나무 떡갈나무 온갖 활엽수들이 들어찬 동산
몽실몽실 꼭 동화나라에 나오는 꿈꾸는 궁전 같다
저 숲으로 들어가 나 초록빛으로 더 깊어지겠다

찰떡궁합

장마 통에 돌보지 못한 내 텃밭에

참깨와 콩은 무설이고

몰라보게 웃자란 시퍼런 풀들이

이게 풀들이 맞나 싶게 한 보름 만에 훨씬 내 키를 넘
겼다

어디서부터 손을 대야 할지

막막하다 헤집고 나가기도 힘들다

잡초의 정글

잡초가 장마와 붙어 일취월장

호랑이 새끼 쳐 나가겠다

투명바위 귀암

귀암은 늘 내 옆에 때로는 내 뒤에, 내 앞에
있는 듯 없고 없는 듯 있어

쉬가 마려워 두리번거리다 보면 벌써 나의 앞서 그가
화장실로 가고 있어 뒤따라가면 되고
허리가 아파 기대앉고 싶을 때 어느새 그가 나의 등받
이 의자가 되어주고
강의실에서 그는 나의 교재가 되기도 분필이 되기도
지우개가 되기도 하고
목마를 땐 얼른 한 잔의 물을 대령하고

탕에선 어느새 내 등 뒤의 손이 되어 나의 등을 밀어
주는 귀암
내가 팥죽이 먹고 싶을 때 그는 나의 앞서 죽집에 가
팥죽을 시켜놓고
내가 밴드나 파스가 필요할 때 그의 가방 안에서 밴드
나 파스가 나오고
나의 단추가 떨어졌을 때 실과 바늘이 나오고

내가 잔돈이 필요할 때 그의 주머니에서 잔돈이 나오
고 우표가 필요할 땐 뚝딱 우표가 나오고

귀암은 언제나 내가 필요한 곳에 있고 내게 필요한 소
품들을 갖고 있어
이런저런 내 문제에 답을 갖고 있는 귀암은 둘도 없는
나의 해결사
있는 듯 없고 없는 듯 있는 해결사
朋으로 쓰고 싶은 진정 둘도 없는 나의 친구

내가 앉고 싶을 때 그도 앉고 걷고 싶을 때 그도 걷고
먹고 싶을 때 그도 먹고
도대체 귀암이란 존재가 나에게 있는 것이냐 없는 것
이냐
분명 둘이면서 하나이고 하나이면서 둘
늘 가까이 함께해 멀리서도 함께 있어

단 한 가지 잠자는 것만은 다르다 내가 잠자고 있을
때도 그는 깨어 있어

산과 맞절하는 나이

산들이 엎드린다

큰 산은 크게 엎드리고

작은 산은 작게

내 앞에 엎드린다

처음이다

내 나이 팔십 넘어

이제부터는

내가

너희들의 세배를 받을만한 나이인가

하고 마 쑥스럽다

갈 길도 바쁘고

절값도 딸리는데,

저 봐

작은 산이 먼저 일어나 웃는다

그 뒤에 큰 산이 일어나서

또 웃는다
나도 웃는다

내 앞에 일어서는 크고 작은 산들
내가 넘어야 할 고개 고개
아직 세배받을 만한 나이는 아닌가 보다
이제부터 나는
365일 날마다 일어나 절하리라
큰 산에게는 큰절을
작은 산에게는,
작은 산에게도 큰절을

바다와 섬

– 제부도

삼국시대 때 나는 백제의 한 어부로서

서해의 향그러운 진주

출렁거리는 접비섬* 너머 먼 바다에

그물을 내려 숭어와 조기 꽃게 같은 물고기를 잡아 올렸었지

헌데, 천육백여 년 전이나 지금이나 바다는 여전히 안다미로 출렁거리고

잡히는 물고기들도 옛 모습 그대로 펄떡펄떡

살아있음이 무엇인지 삶의 과거현재미래를 다 담은 거울

변함없이 구름도 다 받아 담아 바다다

밤과 낮 하늘의 별과 해를 다 담은 눈

하루 두 번씩 열리는 바닷길

썰물 때 섬과 뭍 사이 드러난 갯벌을 타고 들어와

맛조개나 낙지를 잡는 모습

섬사람들의 삶의 터전인 무궁한 바다

다시 밀물이 들어오고 오라 바다로

온새미로 '영원'을 그대로 다 보여주는 바다

깊고 검푸르고 크넓다 둥근 수평선이 보인다

여전히 섬은 뭍을 향해 설레는 가슴 넘실넘실 넘실거
리는데

*접비섬: 제부도의 옛 이름

장맛비

올해 장맛비는 끝날 때까지 끝난 게 아니다
한창 가물 때 올햇 장마도 짧게 끝날 거란 기상청 사
람들의 예보는 한참 빗나갔다

하긴 하루 이틀에 끝난다면야 그게 어디 장마랴 이름
값을 해야지

끈질기기도 하시지
끊어질 듯 끊어질 듯 적어도 한두 이레는 이어져야 그
게 長마지

해마다 애먼 농작물은 왜 쓸어 묻으시나 심술궂기도
하시지

매정하기도 하시지
물에 집이 잠기고 보가 터지고 사람이 떠내려가는 물
난리를 일으켜야 그게 장魔마지
그게 장맛비지

영산 靈山

하늘 향한 기도다 산은

산이 솟는다

하느님의 응답을 제일 먼저 듣는다
나는 산에 들어가 기도하고
하늘나무에 기대어
하느님의 응답을 기다린다

산능선을 올려다보면 올라타고 싶고
산골짜기를 들여다보면 들어가고 싶다

나의 상징적 기도를 들은 산은
안개 걷히고
나에게 맑은 영혼의 씨앗 점지해준다

'산은 영험하다'

시의 시작이다

비육우^{肥肉牛}의 비가

일정한 좁은 공간에 갇히어 하릴없이 놀고먹긴 싫어
정말 싫어
빈둥빈둥 살만 찌긴 정말 싫어

그 옛날 땀 흘려 논밭 갈고 볏단볏섬 져 나르고
주인에게서 일 잘한다 칭찬 들으며
정성껏 푸짐하게 쑨 김 뭉게뭉게 피어오르는 여물죽
먹던
그 시절이 그립구나

아 옛날이여, 옛날이여

넓은 들판 사통팔달 싱그러운 바람 마시며
아침저녁 이슬 묻은 신선한 푸른 풀 뜯고
시원한 나무 그늘 아래 누워 긴 꼬리 휘둘러 파리 쫓
던 지난날이여

진품명품 시간에나 나올 법한 옛날이여

그땐 이런저런 잡념도 없었어요
그저 눈 떴다 감았다 식후에 노동을 반추하며 꿀맛 같
은 휴식을 즐겼을 뿐

할아버진 만날 어린아이

할아버진 몇 살
네 살 아니 세 살
왔다갔다 헷갈리게
손가락 넷 또는 셋을 펴 보이는 구 선생

에게게, 그럼 내가 엉아게 난 다섯 살인데
그래, 맞다 맞아 네가 엉아 해라
엉아야 나하고 놀자
내가 술래할게

오늘은 어린이날
삼백육십오일 어린이날
할배날이 따로 없는
심심한 할아버지
어린 손자들과 낄낄낄 놀아주는
우리들의 구 선생
삼백육십오일 만날 할배날

저런 주책

삼백육십오일 만날

마나님에게 핀잔 듣는 우리들의 구 선생

자장면찬가*

자장면님 고맙습니다

우리는 자장면 회원입니다

우리는 자장면을 먹으러

주일마다 여기 이렇게 모여서

열심히 자장면을 먹습니다

주기도문을 욀 때처럼

우리는 일제히 이렇게 고개 숙이고

자장면을 먹습니다

점심 한 끼 마음에 점찍기로는

자장면 한 그릇이면 그만입니다

양파와 단무지 두어 쪽 곁들인

자장면님 고맙습니다

우리에게 이렇게 쉽게 먹혀 줘서

우리는 너무 고마워

길고 깊게 깊숙한 눈물 흘리고

그 눈물 젓갈로 걷어 올려

짧게 짧게 끊어 먹습니다

꼭꼭 씹어 먹습니다
매일 매일 일용할 양식을 주시는
하나님 말씀처럼

하나님은 어디 있을까. 푸줏간에 걸린 커다란 살점이
김춘수가 발견한 김춘수 시인의 '사랑하는 나의 하나님'
이라면, 나의 하나님은 내가 점심으로 때우는 자장면 한
그릇일 수도 있지 않을까. 허기진 우리들의 자장면님,
우리들의 하나님 영광 있으라

*'자장면님 고맙습니다'의 개작

여름축제

여름은 작년에 죽은 것까지도
다시 돌아와 벌이는 한바탕 시퍼런 생명의 축제

모기 하루살이 각다귀 물방개 사마귀 왕벌 일개미 풍
뎅이
자벌레 푸렁이 노른진이 황충이 혹벌레
땅을 기고 물에서 놀고 공중을 나는 갖은 벌레와 물것
들

바랭이 개씨바리 도투마리 명아주 비름 쪽 마름
논과 밭에 나서 자라는 온갖 이름 가진 풀 풀 풀
이름 모를 잡풀들까지

잡고 잡고 또 잡고
베고 베고 또 베고 뽑고 뽑고 또 뽑아도
다시 돋아나고 자라나는 무서운 생명력

아침 산책길에 함초롬히 내 발등 적시고

밤새 내 살갗에 붉은 조팝꽃 피우는

한바탕 잔치 벌렸네 여름 내내

푸른 영혼들 무섭게 부활하는 왕성한 생명의 축제

아기예수

젊은 엄마가

유모차를 밀고 전철 안으로 들어섭니다

승객들이 길을 터주고

유모차 안 아기를 들여다봅니다

해맑은 해님이듯 아기 한 분 벙실벙실

사내아인지 계집아이인진 중요치 않습니다

엄마가 처녀 수태한 성모마리아인지

미혼모인지 누가 그걸 묻겠습니까

성 구별 없이 아가는 모두 아기예수님

아기엄마는 성처녀마리아

엄마도 아가도 모두 예쁘고 거룩하고 신성한 거죠

아기 주변이 환한 웃음으로 넓어지고

단박에 딱딱한 공기가 부드러워집니다

아기를 들여다보는 순간

두려워 떠는 자 유다가 유다 아니고

사탄이 사탄 아닙니다

유다도 사탄도 아기예수인 적 있었겠지요

아저씨 저 아줌씨 할머니 할아버지

그리고 나도요.

조맘땐 다 아기부처님, 아기예수님

마치 거울인 양 맑게 빛나는 해님 얼굴 텔레토비

사람들 마음속에 비치어

까꿍까꿍 까르르까르르

냉면을 먹으며

함흥냉면이든 평양냉면이든

오늘 점심은 무엇으로 할까

일행은 모두 비냉을 시켰지만 나는 물냉을 선택한다

냉면을 구색 갖춰 먹으려면 우선 어석어석 살얼음 육
수는 기본이고

커다란 고기 한 점에 배와 토마토를 두서너 쪽씩 얹어
야 금상첨화

신 것 좋아하는 나는 식초를 남보다 몇 방울 더 치고

그리고 매콤한 겨자도 약간 곁들여야 제맛이다

형용하기 어려운 시원하고 새콤달콤 알싸한 육수 국
물 맛에

메밀냉이든 칡냉이든 쫀득하게 씹히는 가는 면발을

젓갈로 끌어다가 쪽쪽 입안으로 빨아들이는 이 맛

무슨 맛으로 표현해야 외국인이 알아먹을까

말로는 설명할 방법이 없다.

먹어보지 못한 이들에겐 마무리해도 모를 거다

중간중간 내가 큰 냉면 대접을 두 손으로 받들고 육수
국물을 훌훌 들이마시는 이 맛

소문을 듣고 찾아간
    이촌동 김정형외과에서

허리를 잘 본다는 의사양반

내 등뼈 엑스레이를 들여다보며 왈曰

당신 척추는 죽은 막대기요

그것도 곧은 막대도 아닌 활처럼 휜

아따, 그 양반 시인해도 되겠네

허나, 진짜 시인 만해선사께서

'다 타고 남은 재가 다시 기름이 된다' 안 했소

난 이 말씀의 기적을 믿어

게다가 현대의학의 과학을 믿어

30만 원으로 30년의 희망을 걸어보는 것이외다

마른 등뼈 마디마디 사이사이 부활의 기름이

내 허리를 부드럽게 하리라고

3부

나무에게 절하고 싶은 거다

나무에게 절하고 싶은 거다

네가 두툼하게 깔아준 가랑잎을 깔고 누워

하늘 속 까마득한 잔가지를 올려다보며

나무 네가 바로 서 있는 하나님이지 싶은 순간 벌떡
일어나 절이라도 하고 싶은 거다

뭘 기원한다기보다 순 존경의 뜻으로

수많은 세월 동안 천수천안 실뿌리 눈동자를 허공으
로 밀어 올려

하늘을 받들어 하늘을 다 받아내려

하나님의 몸통을 아름드리로 키운 나무야

어떻게 넌 수십 수백 년씩이나 한 자리에 서서 질리지

도 않게

이렇게도 큰일을 쉼 없이 할 수 있는 거니

나 겨우 한 서너 시간 하찮은 일도 힘겨워 못 견뎌하며

너를 우러러 부럽게 생각해보는 거다

부처님과 동행

나는 주일마다 교회 가지 않고 온양온천 하러 갑니다

목욕 한 시간을 위해 하루해를 보냅니다

물이 특별히 좋은 건 모르겠는데

친구가 하나님보다 더 좋아 목욕 같이 갑니다

나는 일찍 시간 맞춰 마을버스 타고 사강까지 사강서 수원까지

귀암은 나를 위해 나를 마중 나옵니다

오산역에서 거꾸로 상행선을 타고

오산대역 병점역 세마역 세류역을 거쳐 수원역까지 올라와

역전 버스정류장에서

추운 날씨에도 번번이 족히 20분 넘게 나를 기다려줍니다

올 때도 마찬가지

점심으론 팥죽을 내가 좋아해

귀암은 별로인 것 같지만

함께 시켜먹고

나의 귀가 시간에 맞추어 서둘러 돌아오는데

오산서 내리라 아무리 해도 고맙게도 귀암은 고집불통

수원역에서 버스정류장까지 따라와

내가 탄 버스 떠나는 걸 보고 손을 흔들어

나를 보낸 뒤 자리를 뜹니다

돌아와 잠자리에 누워 생각해보니

나는 오늘 하루 부처님과 동행한 듯 마음이 참 편했습
니다

김밥사랑

아무리 천국이라 한들 사랑 없다면 난 안 갈래요
내가 김밥천국에 가는 이유는 거기 사랑이 있기 때문
이지요

사랑의 재료는 너와 나
노란 단무지 파란 시금치 붉은 당근이 깨알이랑 하얀
쌀밥과 잘 어울려
한 장의 검은 김말이 속에서 한 몸 되어 오밀조밀 꽃
피어 보세요
우리 두 사람 소곤소곤 예쁜 사랑 나누지요

사랑을 너무 먹어 옆구리가 터져도 우리는 비만은 아
니지요
비만 인구가 많은 햄버거나라에 건너가
난 김밥사랑을 팔래요
꽃무늬 오방색 맛 나는 김밥 다이어트에도 그만이에요
값도 싸고 영양가 있고 맛있는 김밥 먹기도 간편해요

너도 나도 일상이 바쁜 사람들

급할 땐 젓가락 대신 손가락으로 그냥 집어 먹어도 좋
고요

김밥 한 줄 그대로 들고서 통째 한 입 한 입 베어 먹어
도 좋아요

야외나 차 안에서 먹기도 그만이지요

나 외국에 나가 김밥장사나 할까요

돈 벌어 신문에 난 어느 김밥 할머니처럼

하늘 鏡

하늘이 맑군요

내 얼굴이 다 비치네요

헌데 잔뜩 일그러져 있어요

하늘이 다 구겨질 만큼

어두운 그늘이 드리워져

내 옆에 비친 그대의 밝은 얼굴을

볼 면목이 없습니다.

가지 많은 나무 바람 잘 날 없다더니
설날 아침 떡국 잘 먹고 덕담도 많이 담아간
다섯째가 글쎄 넷째네 가서 무슨 물건을 옮겨 놓다가

허리가 부러졌다는

하늘기둥 내려앉는 이 무슨 날벼락입니까

몇 달을 누워 있어야 한다니

직장도 떨어질 것이고

이제 어찌하면 좋을까요

내 얼굴을 빤히 다 들여다보고 계실 하나님

무슨 대수가 없을까요

날마다 맑은 날 될 수는 없겠지만

그대와 내가 같이 있는 모습 보고 싶을 때

내가 꺼내보는 거울입니다

그대도 무슨 수를 내보세요.

추산몽 秋山夢

무슨 색일까 어른어른 꿈속 같은 환한 옷으로 갈아입고

엄마아빠 앞에서 재롱도 부리는가

가을산은 엄마가 읽어주는 환한 동화책 같다 몽롱하다

풍악에선 활활 불꽃이 튀어 오를 듯 뜨겁고

옳지 저 아랫녘 내장산에선

확확 달아오르는 술 냄새도 난다 취한다

취해

정신없이 돌아다니다 홀라당 꼬까옷 발채에 벗어놓고

희디 흰 솜이불 덮고

뾰족뾰족 파란 새잎 내미는

따뜻한 봄 나라 꿈꾸는 몽롱한 가을 산

추석송편

방앗간에서 내온 떡가루를 반죽해 한 양푼 담아놓고
며느리들이랑 손주 아이들이랑 아들이랑 아내가 둘
러앉아
아이들 공부얘기 옛 풍속 얘기도 나누며 이런저런 화
제도 담아서
푸른 풋콩속도 넣고 검정깨속도 넣고 통밤속도 넣고
솔잎 깔고 집에서 송편을 한 솥씩 쪄내어 참기름 발라
솔향기 참기름향기 이야기향기 달빛향기 참 고소한
송편을 빚어 먹었는데

다른 집은 몰라도 우리 집에선 해마다 추석송편을 집
에서 빚었는데
지난해까지만 해도 그랬는데
올해는 아내가 떡집에서 기계송편을 사왔단다
온 가족이 둘러앉아 담소를 나누며 제 솜씨대로 빚던
송편
우리 집에서도 이젠 사라지는구나 대세에 밀려
너무너무 나는 아쉬워 가족 간의 정겨운 대화 공간

청명가을에 오독이라니

명사의 '가을나비'를 '가을비'로
택수의 '먹기러기'를 '먹거리'로
언뜻 스쳐 읽는 나 씁쓸하다

벌써 가을이라 시력이 성긴 것인가
내 배가
지금 고픈 것인가
젠장, 이래갖고
시 쓸 바탕이나 되는 것인지

똑바로 보고 똑바로 읽어야 하는데

마음에 들인 정자 한 채

물질적 무소유를 꿈꾸는 내가 유일하게 소유한 정자
한 채

마음속에 들였습니다

마누라하고 시시비비 비시시 시비비시 비비시*

뭐라 뭐라 가리고 싶지 않을 때

세상만사 이런저런 근심걱정 쌓일 때

뭉치고 맺혀 마음 답답 울컥울컥 불같이 치밀어 오르
는 것이 있을 때

느긋이 정자에 올라 시원한 바람 쐬어가며

모든 시비是非 비시非是

즉시즉시 다 꺼내어 마음에 담아두지 않고 곧 날려버려

잊어버려 사통팔달 허공에 묻어버려

높은 벼랑 끝

깊은 물가

눈길 끄는 조망

풍광이 아름다운 곳에

맑은 바람 드나드는

날아갈 듯 날렵한 정자 있어

나는

*김삿갓의 是非詩 원용

옛 술꾼

청산의 나비가 꽃을 피해갈 수 있을까

참새가 방앗간을 그냥 지나가랴

석양의 술꾼이 술집을 그냥 지나갈 수 없어

천금이 아까울까

어험, 마누라도 두렵지 않아

지갑을 열어 여자를 끼고

젓가락 장단을 치며 무작정

술술 술 술을 마시네

그리고 흥얼흥얼 비틀비틀

술 한 잔에 시 한 수로 떠나가는

방랑시인 김삿갓처럼

구월의 드높은 궁리·진지한 농조^{弄調}

- 온새미로 그룹채팅방에 묻는다

구월 되니 궁금해

구월 이전까진 궁금하지 않던 그 무엇이 무엇일까

궁금해져 구월이 사색의 달이라서 그런가

궁금한 것도 사색 축에 끼기나 끼는가 아무튼

구월 들어 궁금해져

구인의 그룹채팅 카카오토크

구인은 운정 명사 가송 청지 날다 혜당 송향 박돌 구선인데

구선만 빼놓고 할 이야기가 따로 있다니 그게 무엇일까

구선만 쏙 빼고 저이들끼리만 나눌 정보란 도대체 무얼까

구선은 궁금해 별것 아니라지만 어쨌든

구선은 궁금해 곰곰 생각해보니 혹 드높은

구 선생 흉보기가 아닐까

구월 되니 별것이 다 궁금해져 구선은

단풍잎심장을 달고

엔트로핀 초록 숲을 배경으로
초봄부터 불타는 단풍나무 한 그루

청춘의 심장이다 뜨겁다
천 리를 달려도 거뜬하리라

십 리도 못가서 숨찬 내 심장에 이식하여
백 리 길도 단참에 달려보리라

나, 나의 반성 나의 맹서

나, 나라는 사람은 나쁜 사람입니다
밴댕이 소갈머리에 쥐머리에 소견머리 소갈딱지 없고
방정맞고 게으르고 못 참고 못 하나 못 박는 무엇도
할 줄 모르는 무능한 사람
남을 배려 못 하고 저만 아는, 저만 위하는
이루 다 말할 수 없이 아주 나쁜 사람입니다 나는

평생 살을 맞대고 살아오며
가장 가까이서 나를 지켜봤을 내 아내의 입에서 쏟아
져 나온 말들이니
맞겠지요 나는 정말 나쁜 남편입니다
이루 다 말할 수 없이 아주 나쁜 놈입니다

남들은 나를 순한 사람 편한 사람 양보할 줄 아는 사
람 너그러운 사람 마음 넓고 이해심 많은 사람 적응 잘
하고 잘 참고 잘 견디는 사람 어쩌고저쩌고 말들 하는데

다 틀렸습니다

나를 아는 대부분의 사람

오랜 고향 친구들 오랫동안 같이했던 직장동료들 오
래 된 제자들

상당한 이해관계가 얽힌 사람들 오다가다 한두 번 만
난 사람들까지

남들은 남들일 뿐인데 날 알면 얼마나 알겠습니까

다 틀렸습니다 그게 아닙니다

이십 대 초에 만나 팔십 넘도록 오랜 세월 동안 시간
과 공간을 같이 쓰고 나눈 내 아내

그 누구보다 나를 잘 안다는 내 아내는 이 모두를 한
꺼번에 다 부정합니다

모두 틀리고 그 반대입니다

아내의 소신은 오로지 그 반대말입니다

슬픈 일입니다 나는 지금 아주 슬픕니다

앞으로 남은 세월 동안 우선적으로 아내에게 더 잘해

야겠습니다

　만인에게 인정받기보다

　단 한 사람 내 아내가 눈곱만치라도 긍정해 주는 말을
듣고 싶습니다

　나는 애처가인가요 공처가인가요

　아, 이 시각부터 애처가요 공처가

　나를 오롯이 비우고 오로지 아내에게 올인, 어린 말같
이 순종만 하겠습니다

감나무 이야기

치아가 몽땅 빠진 어머니께서는 홍시를 좋아하셨지요
어쩌다 사다 드리는 홍시를 하분하분 잘도 잡수시더
노모는 늘 감나무 한 그루 뜰에 심고 싶어 하셨지요

따스한 봄날 어린애 웃음 같이 피어나는 새잎이 보기
좋고
볕 그늘 짙은 여름날 빛 부신 반질한 잎잎이 보기 좋고
그려 붙인 듯 울긋불긋 윤나는 감나무 단풍 우수수 지
는 소리
와스락 바스락 마른 감잎 밟는 추억의 소리
더 낭만적이고 더 좋은 건
가지가지에 불 밝힌 붉은 열매들
환한 알전구 감나무등불 마냥 보기 좋아
저 등불 항아리에 연시로 앉혔다가
긴긴 겨울밤에 하나하나 꺼내 녹여 먹으면 얼마나 좋
겠니
서리 하얗게 앉은 곶감은 또 어떻고

호랑이도 쫓는다지 않더냐 하시던 어머니

- 여기 어머니 아버지 산소 옆 공터에 뒤늦게 이 불효
자식
감나무 몇 그루 심어 올해 첫 수확으로 한 팔구십 개
달렸나 봐요
때깔 고운 거로 고이고이 연시로 앉혔다가 어머니 아
버지 기제사에
설 명절에 하나하나 꺼내서 제사상에 올리겠어요
아버지 어머니 좋아하시는 거 보려구요

달빛소리잔치

벌써 여러 해 전

영월 김삿갓 축제에 갔다가

수목 우거진 영월 엄 씨네 깊숙한 산장에서의 하룻밤

깊고 둥근 달밤

풀 끝마다 활짝 열린 영롱한 이슬방울 위에

밤하늘 별들이 총총 내려와

빛나는 잔치

넓은 정원 한 마당 가득

나 홀로 초대받아

듣는

장엄한 풀벌레들의 월광협주곡 콘서트

혼자 듣기 너무나 아까워

두 귀 가득 고이고이 담아오다가

고만,

철커덕 철컥 바퀴 구르는 소리에 부딪혀

다 깨어져 버려

아아, 비단보자기에 싸서 걸어서 올 걸

다시 주워 담을 수도 없는

아름다운 소리의 손실

추석과 아이들

얼마 만에 들어보는 아이들 소리냐
자식들 낳아서 다 대처로 보내고
생산력 없고 아이들 없는 쓸쓸한 우리 마을에
집집마다 두어 명씩 아이들 데리고 내려와
할아버지도 따라다니고 할머니 따라다니며 재잘대기
도 하고
저희끼리 대여섯 명씩 몰려다니며
메뚜기를 방아깨비를 또 무엇을 따라다니며
잡았다 놓쳤다 소리치기도 하고
송편도 만든다고 조물락대기도 하고
텃밭에 고구마도 캐보고
집 뒤에 밤도 따보고 집 앞 대추나무에 대추도 따고
밭둑에 서 있는 감나무에 올라가 감도 따고
신나는 아이들
감도 먹고 밤도 먹고 대추도 먹고
사과 배 송편도 먹고
먹고 먹고 배를 두드리는 아이들

참, 얼마 만에 들어보는 시끌법석 아이들 소리냐

추석연휴 동안 비로소 사람 사는 동네인 듯

생기가 도는 우리 농촌 마을 분위기

화인 火印 – 丹楓散調

*

그 누가 두 손으로 뜨거운 심장을 꺼내어 문질렀나
뜨거워라. 저기 저 청춘 불사르는 마지막 절경(열정)
애증의 불빛이 캄캄한 수세기數世紀를 다 비추네

**

엔트로핀 초록 새순을 배경으로
초봄부터 불타는 한 그루 단풍나무
청춘의 심장이다 뜨겁다
천 리를 달려도 거뜬하겠네

십 리도 못가서 숨찬 내 심장에 이식하여
백릿길 천릿길도 단참에 달리겠다

***

'단풍아 너 땜에 나 살 데겠어'
단풍에게 말 걸자마자

내 입술에 당장 옮겨붙는 뜨거운 불빛

곧 온몸으로 번져

내가 하는 말 족족 불을 토해내듯

'앗, 뜨거, 뜨거'

살 데었다

손바닥 단풍잎

화인火印 찍어

****

왜 눈만 뜨면 그들은 피 터지게

싸우는지

부부의 집 풍경이

말끝마다

울긋불긋 단풍잎

다투어

푸른 피 붉은 피 부딪는 전쟁터

그래, 내가 손들었다

푸른 물 쫙 빠지는

허공까지 내달아 타올라

마음껏 번져나가거라 핏빛 불꽃 활활

4부

나, 한 개 바위이어라

나, 한 개 바위이어라

젊은 시절 뜨거운 불길로 치솟아

정상에 우뚝 솟은 바위이다가

정상에 오래 머무르지 못하고

정상에서 굴러 내린

굴러 내리다가 산 중턱에 그대로 멈춰선

주름살 깊은 외로운 한 개 늙은 바위

땀을 뿌리며 푸른 숲길을 헤엄쳐 오르는 젊은 친구들이

내 무릎에 걸터앉아 헐떡이며 숨을 고르는데,

어제도 오늘도 그 자리에

아예 귀와 눈을 감은 채 말을 잃고

여여如如히 먼바다를 꿈꾸는

요통에 대한 각성

내 눈으로 내 등허리 볼 수 없어

안 보인다고 무관심한 사이

배신을 때리는 나의 등뼈

등 뒤의 적이 되어

내 뼈이면서 내 뼈 같지 않게 내 몸을 괴롭히는 짐승

으르렁으르렁 남몰래 신경을 물어뜯는다

"아파봐야 내 존재가치를 깨닫게 될 터

된통 아파봐라"

굴신을 못 하게 하는 내 등뼈

멀쩡한 꾀병이라고 마누라에게 핀잔을 받아가며

한의원에 실려 가 침을 맞고

사람을 시켜 파스를 붙이고 사약도 써보고

큰 병원 가서 MRI라는 것도 찍어 보고

허리를 어떻게 이 지경까지 놔뒀냐고

야단을 맞기도 한다

겨우 3, 4번 요추의 반역일 뿐인데

장기간 눌려 지내던 얇은 연골이 빠져나갔을 뿐인데

온몸을 꽉 붙들어 매 놓고

꼼짝달싹 못하게 통증을 전경화하다니

이래도 엄살이고 꾀병이라니

누가 알아주랴 억울하고 억울한 나의 등뼈

나 자신도 화가 나는 나의 요통

어떻게 업어 보시오리까 나의 척추등뼈

설경雪景

하늘혁명군의 은총으로

피 한 방울 흘림 없이

총 한 방 쏘지 않고

밤사이 놀랍도다 평화통일

북에도 남에도

색깔론과

지상의 온갖 개소리 소거하고

하얗게

정밀靜謐하게

아, 통일이다 평화통일

일시에 환호하는 한반도

통일진달래

앞산의 진달래 뒷산에 진달래
앞에서 불붙이고 뒤에서 불붙여
어서어서 앞당기자고 통일되자고
삼천리에 진달래 동산 입을 모읍니다

오랫동안 피 흘리며 서로 다른 말을 해왔다고
이제부턴 남북이 같은 말을 하자고
이 강산의 진달래 한라에서 백두까지
모두모두 입을 모읍니다

빨갛게 달아오른 입술 열어
죽어도 살아도 조용히 한결같이
우리의 소원은 남북통일
통일 한 마당 이뤄 내자고

사강 장날 그때는
- 사강 장날의 어제와 오늘 그리고 내일

장날에도 파리 날리는 요즘과는 달리 그때는

서울 종로통보다 더 붐볐던 사강오일장 장날(2일,7일)

시장통은 사람들로 미어져

꾸역꾸역 장터 외곽 길바닥까지 밀려 나와 난전을 벌

였다

그 무렵 내가 송산고공* 1,2학년 때

어머니께서는 짚으로 엮은 달걀 꾸러미를 등굣길에

팔아오라고 나에게 들려주셨다

장마당까지 갈 것도 없이 아지미고개 넘어 곧은 신작

로로 마중 나와 다투어 물건을 받아가는

장사꾼 아저씨에게 넘겨주곤 했다 그때는

그야말로 사강장터가 강가에 모래알처럼 인산인해로

뒤덮여 사강

못자리처럼 촘촘한 사람들 사이를 골라 발길을 옮기며

오가는 사람들 틈을 비집고 어깨를 부딪치며

간신히 빠져 다녀야 했다 그때 사강은

한번은 어머니 심부름으로 장터 어느 골목에 있는 고
정포목점을 다녀오는데 길을 잃어
지금은 온데간데없이 사라진 난생처음 보는
수를 셀 수 없는 누런 소떼들이 우글거리는 우시장으
로 들어섰다가
진땀을 뺐던 기억

내 팔십 평생 그렇게 많은 사람을 비집고 다녀본 적은
없다
어느 해던가 새해맞이 종로 보신각 타종행사에 밀려
다니던 사람물결이나
지금으로 치면 주말 광화문 촛불인파보다 더하면 더
했지 싶은
사강장날은 일장춘몽 흘러간 옛날이던가?

보시게나, 두고 보시게나 세상만사 돌고 돈다는데

사강이칠장도 전날의 번창했던 그 영화 다시 누릴 수 있을까

4호선 전철 광고판에 벌써부터 나붙은 송산그린시티가 곧 들어설 것이고 그러다 보면

가속도가 붙는 먼 후대를 앞당겨 가까운 시일 안에 그때의 번창을 누릴 수 있겠지

*고공은 지금은 없어진 중학교 과정의 고등공민학교의 약칭, 현 송산중학교의 전신

우리 모두 다 함께

까치 까마귀 갈매기 참새 우리 모두 함께

기러기도 불러내려 기러기도 함께

여우야 여우야 어디 숨었니

여우야 너도 나와 여우 고라니 고슴도치 토끼 우리 모두 함께

소 닭 돼지 강아지 고양이 거북이 너희들도 모두 함께

손자 손녀 할아버지 할머니 손잡고

우리 모두 다 함께

설날 아침 한자리에 모여

둥그렇게 모여

다문화생명공동체의식으로

서로를 선보이는 상면의 즐거운 인사도 나누며

덕담도 나누고

설설 끓는 떡국도 서로 나누며

까치 까마귀는 까치 까마귀의 노래

여우 고라니 고슴도치는 여우 고라니 고슴도치의 춤을

영희와 바둑이는 영희와 바둑이의 노래로

가슴 설레는 세뱃돈 받고

다 함께 즐기는 좋은 세상 만들어

대통합의 힘찬 행진곡으로

새날의 기쁨을 즐겁게 즐겁게

흑인도 백인도 여야도 황인종도 너 나의 구별 없이

세대교체

밤새 안녕
아침 산책길에 건네는 내 인사를
영락없이 잘 받아주던 녀석들
멍멍 멍 멍멍이

지난 삼복무더위를 지나면서
주인의 몸보신을 위한 보신탕이 된 것일까
어디로 간 것일까

덩그러니 텅 빈 개집 앞을 지날 때마다
무엇이 나를 외면케 하는가
씁쓰름하고 언짢은 이 기분
오래가지 않아

그 썰렁한 빈집에 어린 새 주인이 들어와
우리 동네에 함께 할 식구가 한 집 한 집 늘어나

긴소매 차림으로 아침저녁 산책길에 나서는 요즈음
여기저기서 왈왈 왈 가로ㅌ
강아지들 나를 반기네

그래 그래 반갑다
만나서 반갑다
너네는 오래오래 이 마을을 떠나지 말아다오

눈물이 주르르

오늘 아침 아내가 포문을 엽니다
연속극을 열심히 보고 있던 아내가
티브이도 함께 볼 수 없다면서
당신은, 당신이란 인간은 빵점 빵빵빵 빵의 빵점이라
는군요

순간 내 귀를 의심하는 나는 왠지 눈물이 주르르
아내 말고 누가 나에게 빵점을 줄 수 있단 말입니까
고맙습니다 눈물 나게 빵을 많이 줘서

어둠은 빛을 이길 수 없다 하지 않던가요
아내는 나를 포기해도
그럼에도 불구하고
나는 절대 아내를 포기 못 합니다

'희망의 나이'라는 모 시인의 시집이 있지요
지금 나이에도 나는 아내에 대한 희망을 놓지 않습니다

오늘도 내일도 또 아무리 괴로운 나날일지라도

지금부터가 바로 희망의 나이입니다

그렇지만 왠지 나는 눈물이 핑 돌아

한마디 반박도 못하고

언제까지 져주는 전략에

속 안으로 자꾸 눈물이 주르르…

소복소복

장독대 위에 하얀 눈이 소복소복

대청마루에 마주 앉아

전 부치며 주고받는 고부간의 고소한 대화가 소복소복

설날 아침 나누는 푸근한 덕담이 소복소복

몇 치쯤 자랐을까 반짝이는 아이의 키

눈 재기하는 아이 엄마의 흐뭇한 눈길 소복소복

하는 일마다 금년엔 웃음꽃 소복소복 笑福笑福

웃음복 소복소복 笑福笑福

대박으로 터져라!

겨울들판

농부가 가을걷이를 끝낸 황량한 겨울 들판인데

아무것도 없는 허허벌판인 듯한데

거기에 어느새 청둥오리 기러기 같은 겨울 철새들이

수백 수천 마리도 넘게 날아와 새카맣게 날아와

공중을 빙빙 몇 바퀴 선회하다가

벌써 두어 달 넘게 앉았던 자리에 또 내려와 앉는다

무엇이 남아 있을까 이 논 저 논 맨바닥을 뒤져 아무

것도 없는

떨어진 낱알 낙수落穗를 찾아 어제도 오늘도

새카맣게 자리를 옮겨가며

끝없이 휘몰아치는 설한풍에도 아랑곳 않고

아무리 빈한해도 한 번의 다툼도 없이

끼룩끼룩 모두 하늘을 우러러 애원하고 있다

내년엔 풍년 들어 더 많은 이삭과 낱알을 떨어뜨려 주

기를

개구리의 꿈

겨울잠 자는 개구리도 꿈을 꾸겠지요
긴긴 삼동 내내 잠만 자는데
왜 안 꾸겠어요
무슨 꿈일까요

경칩 전후해 깨어나기만 하면
지난해에도 지지난해에도 이루지 못한
전국노래자랑에 나가 한껏 목청을 뽐내 장원
박수갈채 받으며 금메달 목에 걸고 금의환향

부러워하는 뱀의 등 위에 냉큼 올라가서
춤추며 나팔 불며 묘기를 보이며
개굴개굴 개굴
(황당하다 하겠지만)

그에나 꿈은 이루어지는 것
점프, 점프,

궁핍한 시절의 하나님

궁핍한 시절의 하나님은 교회당에 있지 않고

허름한 중국집 식당에 있다

바로 거기 짜장면님이시다

짜장면님이 빈자와 어린것들의 하나님

나의 오남매 중 막내 범아가

널따란 짜장면 그릇을 두 손으로 받들고

밑바닥까지 싹싹 핥아내던 얼굴 가득 시커먼 춘장

대입시험을 끝내고 나오는 출출한 늦은 오후

나를 기다려 매형께서 사줘서 난생처음 맛본 짜장면

황홀해

세상이 황홀한 그런 맛 세상에 또 있을까

그때 그 낯선 이층 중국집 풍경까지 잊을 수 없어

오늘 '온새미로' 시인들과 시 강의 마치고

늦은 점심으로 시켜 먹는 자장면 한 그릇

지난 90년대에 '삶과 시' 동인들과 신촌로터리 부근에서

머리 수그리고 먹던 짜장면 그 맛!

짜장면이든 자장면이든

맛이야 그 맛! 어디 가겠어, 참 맛있다

11월 11일

초콜릿을 더 팔아먹겠다는 얄팍한 상혼이야 어떻든지

빼빼로데이day의 데이트date

몇 쌍인가 한 쌍 두 쌍

가랑이 사이 기어드는 바람이 썰렁하다

코트 깃 세우고

앞서거니 뒤서거니 다정한 두 다리

초겨울 문턱을 넘어서 어디로 가나

빨라진 총총걸음

더 춥기 전

서둘러야 하지 않을까

우리들의 월동준비

11월에

꾹 눌러왔던 울음

11월에 와서 다 풀어라

문이 닫히기 전

체면을 벗어버리고

존심도 내려놓고

미안함도 없이

후회함도 없이

11월에 와서 펑펑 울어버려라

남은 피 한 방울로

가슴속 단풍잎 다 불 지르며

발걸음도 총총

늦가을도 바쁘게 저무는

겨울 문턱

눈물이 꽁꽁 얼어붙기 전

커피 마니아^{mania}

아침에 일어나서 모닝커피

잠자리에 들기 전 이브닝커피

한 잔 한 잔

하루에 몇 잔이나 드시는지

일을 시작할 때 한 잔,

쉬면서 한 잔,

끝내고 또 한 잔,

누구를 기다리면서 한 잔,

누구와 마주 앉아 또 한 잔,

일이 안 풀린다고 한 잔,

하릴없이 심심해서 한 잔,

뭔가를 새로 구상할 때도 한 잔,

그리움에 잠길 때도 한 잔,

꽃 바라보며 한 잔,

단풍 진다고 한 잔,

비 오는 창가에서 한 잔,

깊은 밤 여인의 옷 벗는 소리1 들으며 한 잔,

너의 앞엔 늘

모락모락 향 피어오르는 커피 한 잔 놓여 있어

용용용 너는 누가 뭐래도

커피용골대2 용고뚜리

1) 김광균의 설야에서
2) 용고뚜리(원뜻은 담배를 많이 피우는 사람을 놀리는
   말에서 전이)의 방언

도깨비방망이

귀신 곡할 노릇이다

방금 전까지 끼고 있었는데
여기다 여기, 저기다 저기
아무리 찾아도 없다
왼손 장갑 한 짝

난 왼손잡이,
나 지금 바른손 장갑만 세 짝

바른손잡이 누구든 왼손 장갑 한 짝 내놔라 뚝딱
바른손 장갑 두 짝 줄게 뚝딱

술의 무게 1

내 어릴 적 기억으로

다시는 안 돌아오시는 우리 할아버지

대접으로 막걸리 퍼 마시고

어험, 흰 수염 흩날리며

흘러가는 구름처럼 돌아가신 우리 할아버지

엎드려 여쭙나니

가시는 길에 말술이 무겁지 않으시던가요

개구리의 꿈

ⓒ 정대구, 2019

지은이_ 정대구

펴낸곳_ 도서출판 도훈
          (권선구 입북로 65 / 376-2017-000061)
교정_ 유수진

발행일_ 2019년 3월 20일
사무실_ 서울시 용산구 이태원로15길 14-4
전   화_ 0507-1453-4621, 010-6722-4621
팩   스_ 0504-227-4621
이메일_ flyhun9@naver.com
홈페이지_ www.dohun.kr

ISBN_ 979-11-89537-10-4 03800
정   가_ 10,000원

「이 도서의 국립중앙도서관 출판예정도서목록(CIP)은 서지정보유통지원
시스템홈페이지(http://seoji.nl.go.kr)와 국가자료공동목록시스템(http://
www.nl.go.kr/kolisnet)에서 이용하실 수 있습니다. _CIP2019009587」

"렌섬웨어 바이러스로 날려버린 기백 편의 시 중에서
가송님이 몇 편을 찾고 청지님이 이를 정리해 주어 이 시집을 내게 되었습니다.
두 분 시인께 고맙다는 말씀드립니다."